水往高处流

曹琨　著

四川文艺出版社

图书在版编目（CIP）数据

水往高处流 / 曹琨著. — 成都：四川文艺出版社,2018.12（2021.10重印）

ISBN 978-7-5411-4888-0

Ⅰ.①水… Ⅱ.①曹… Ⅲ.①诗集—中国—当代 Ⅳ.①I227

中国版本图书馆CIP数据核字(2018)第277834号

SHUIWANGGAOCHULIU

水往高处流

曹 琨 著

责任编辑	朱 兰　蔡 曦
封面设计	叶 茂
内文设计	史小燕
责任校对	段 敏

出版发行　四川文艺出版社（成都市槐树街 2 号）

网　　址　www.scwys.com

电　　话　028-86259287（发行部）　028-86259303（编辑部）

传　　真　028-86259306

邮购地址　成都市槐树街 2 号四川文艺出版社邮购部　610031

排　　版　四川最近文化传播有限公司

印　　刷　三河市嵩川印刷有限公司

成品尺寸　145mm×210mm　1/32

印　　张　5.5　　　　　　　　　字　数　110 千

版　　次　2018 年 12 月第一版　　印　次　2021 年 10 月第二次印刷

书　　号　ISBN 978-7-5411-4888-0

定　　价　38.00 元

水 往 高 处 流

目录

一路辽阔

· 1 ·

背对时光

空村雪远

逆风行吟

一路辽阔

木格措

从你纯净的瞳仁里

我看见了天堂的绝望

然后我突然失明

因为袖子上的一粒尘埃

内心是如此惴惴不安

所以我要在这儿整理好衣衫

以风浴目　以云拭汗

必须使自己安静

以十二万分的虔诚

像一次朝圣

不容许有半点尘世的俗念

让我靠着一棵云杉静静流泪

让我用一滴泪水

在你的蓝中添加一粒盐

有了人间的味道

你和我的距离就会大大缩短

我发誓耗尽毕生心血

要好好做一个诗人

向湖中投下一千首赞美诗

来换取你一滴蓝

然后带回我居住的城市

救救身旁久病的河流

以及那些干涸的心田

让我再望一眼你的蓝

此生便不再期盼深远

美人谷

穿越美人谷

就如同在穿越一生的艳遇

一条野性的河

流淌着千般风情

远处的雪山未老先白头

是否沉溺情色太久而无法上岸

尘世的凡夫俗子们

谁能拒绝这道美色深渊

山坡上碉楼林立

那些艳若桃花的卓玛们

是否就隐藏在古老的城堡

我们无法窥见门扉后

是否夜夜月色温婉

只有山崖下的温泉池

那些裸浴的姑娘们

袒露的春色

让沉默的岩石也绽开久违的笑脸

甲居藏寨

我要骑着马

带上心爱的女人

带上一些花的种子和所有的病痛

来这儿隐姓埋名

这是我期待已久的流放地

每天路过的早霞

是我必须翻读的经书

我要在每个傍晚

小口抿着青稞酒

看丹巴美女从门前飘过

然后点上七盏酥油灯

静候月亮跃上山顶

让一枝桃花蘸着月色

掸落我满身红尘

这是我快乐的牢房

囚禁着心猿意马

只允许一些怀念偷偷越狱

我把内心腾空赶出一些流水

清寂的夜色里

我简单得一无所有

任月光的软蹄穿越我一生

黑　水

背靠九寨之蓝

我只是在冰川面前

谦逊地黑

我只是在彩林的喧闹中

稍显深沉

黑水是因为血脉中

流淌着黑土地的精魂

而生养我的是千仞雪山

其实我叫猛河

一个很男人的名字

右挽草原千里辽阔

东揽天府万顷良田

我带着高原的心跳

风的口信

明媚的阳光下

我是春天的手臂上

搏动最有力的那根血管

达古冰山

你来的道上必定铺满彩林

所以脚步要轻

不能带一丝尘埃

在蓝天与黑水间

我是达古冰山

一位满头白发的新娘

为你等候了千年

如果你能叫出卓玛的名字

就请贴近我的腮边

让我启开冰封的海子

向你敬一杯天堂之蓝

然后我们隔着一层轻雾

彼此对望　互相仰视

一瞬便胜过永远

其实我很年轻

像一个冰清玉洁的少女

躺在天堂的臂弯里

渐渐被喧嚣的人声唤醒

清寂岁月落满了雪

风吹老了山顶的月色

却无法熄灭我内心的火焰

谁靠近我

就意味着

可以从我洁白的幽梦中

抵达远古的水岸

如果你想在此刻

成为一个幸福的盲人

只需撩开我的面纱

目睹我的芳颜

彩　林

那些狂放的风

在大山性感的胸腹部

用宽大的手掌反复搓揉

于是一个秋天就这样熟透

深藏的激情被点燃

风又会煽动火四处延烧

连远处打坐的雪山

也渐渐无法收束内心

在黑水

彩林是秋天最丰富的表情

而对于挣扎在红尘中的人们

彩林则是一种真实的幻梦

站在奶子沟口

我看见微风用夕光的马尾

在清扫光阴里的尘埃

枝桠上的清空

正呈现着一句诗的意境

一钩新月天如水

而我只是空旷暮色中

一块最凝重的阴影

岷江源

我是岷山和雪的骨血

在松州以北　天堂的右手边

当太阳温暖的手指

抠出岩石背面最后一点黑暗

我的第一声啼哭叫作源头

第一次起步叫作天高地远

路过松州的时候

我叮叮咚咚的脚步声

只惊醒了林间的小鸟

那时的松州没有城甚至没有炊烟

没有壮士站在城墙的垛口满怀忧戚

更没有一个叫薛涛的女子

默诵着《十离诗》

在波光里反复照看自己的憔悴与孤单

高原的风提着刀

与春天在深渊里狭路相逢

蛰伏的冬寒落荒而逃

此刻，我的柔婉之躯逐渐丰盈

穿越尘埃与雾幔

穿越时光的苍凉与逝者的叹息

只是偶尔把一滴思念的眼泪

挂在岸边青青的草尖

并非放低身段就可左右逢源

我被漂木追赶着

在断崖与绝壁间宛转求生

用粉身碎骨续写渺茫前程

至于那片叠溪海子

更是我腹中的一团瘀血

至今还在我内心里掀起绞痛

而千年明月只是一粒过期的药丸

在下游，当众多的姐妹与我牵手同行

我的胳膊变得更粗

再经李冰父子重新指路

我开始水润天府　泽被荒蛮

所谓岷江源，便是

赠我一滴水还你一片江河

给我一道渠送你万顷良田

我的摇篮里盛满羌风蜀韵

珠贝和青铜

月光辽阔　秋天高大

一只太阳神鸟落在苍茫之岸

西　沟

天空像一尊透明的佛

端坐于雪山之上

四周的鸟声喊出满壑的空

躲在世外的西沟

安静的小腹撒满春风斜阳

此刻，幽谷生辉

林间蝉声烫手

鸽子花纷纷张开洁白的翅膀

而天空深不可测

我无法在它的明镜下

窥见到我内心曾虚拟过千遍的

那一小块洪荒

西沟种植着蓝莓

因此西沟的天蓝着蓝莓的蓝

我的内心也被这些温暖的拳头

擂出幸福的轰响

这是西沟最好的季节
此刻，我是否可以
把身体里的黑暗与疾病
和盘托出
为今年的第一场大雪
准备颂词　沐浴焚香

我想在西沟的深处
搭建我的明月小筑
高处是山　低处是水
中间散发着花青素的异香
我就这样扶着晚年
以阳光的麦子为粥
饮花露清蒸月色
像一株珙桐守着山高水长

壤巴拉行吟

壤巴拉是个富贵的名字

坐拥好山好水

独享一方蓝天白云

前有格桑花四季盛开

后有杜柯河流淌着黄金

我是流浪而来的乞丐

除了一身红尘

汉字是口袋里最后一把米

而在都市的喧嚣里我早已丢失了拐棍

我将自己腾空

着宽大的衣袍

来到壤塘不为求财

只想傍着财神做三天最简单的人

如果我前世罪孽深重

这便是一次自我流放

去棒托寺旁垒石为庐

终日礼佛诵经

当然壤塘最好是今生的故土

我正好叶落归根

这些年我被时光追杀

为生计所迫名声所累

病痛在身体里四处放火

内心忐忑却又欲念丛生

此刻，我正站在夏炎寺的门前

天空突现日晕

一片树叶从我头顶飘然坠地

佛对我耳语：光环再美也是空

需学会轻轻放下

放下便会天高海阔云淡风轻

壤塘，如果我有万丈高楼

必定换你一寸蓝天

然后我一贫如洗

只求在财神居住的坝前

赐我巴掌大一块草坪

拇指粗的一股流水

再给我三天——仅仅三天

做一回世上最快乐的人

海子山抒情

对爱情怀有希望的人
就来海子山海誓山盟
庄严的许诺是浪漫的诱饵
连湖中沉睡的鱼
也纷纷赶往汛期

当我从一只鱼眼里
看见天空放肆地辽阔
一只鹰在云端上悠闲漫步
我知道除了宽广的草原
没有谁能救我于大雾围城
湖边盛开的小黄花像铺着黄手帕
我脚下溅起的一块卵石
似乎正好点破了湖水的心事

岩壁上布满月光之白
觅食的盘羊在砾石间频频抬头
它们与湖水之间

仅隔着昨夜的一场风雨

而这些正在抢食面包屑的鱼们

只需一个眼神

就会有一朵云飘过来

向湖中抛洒万吨情丝

既然恋爱中的羊

无法把这些被宠坏的鱼

喊到高处

就只能在树冠后

目睹一场场落日的葬礼

远方苍茫　大雪在途

随后湖水出走　河谷湿润

一匹黑马卧在暮色中

反复咀嚼一句禅语

所有的心灵安静下来

在尘埃的轰鸣中

倾听神的旨意

金川有雪

在大地刚扬起的眉毛上

一川浩瀚之白

正穿越河谷最后一寸冻土

此刻我站在高处

刚好与春天齐平

在金川，春天的早熟

只会与梨花有关

梨花十里　春色万顷

但河谷里的风不正经

它伪装成朗读者

却用第三只手轻易偷走了

姑娘们珍藏的第一缕芳馨

我想象着天堂里的尘埃

三月里行走的刀刃

让那些雕刻在枝头上的雪

像熨平一泓秋水

赶出我内心深潜的阴影

却不知要用多少季梨花

才能漂白身旁的黑夜

此刻阳光像佛的手掌

四周打坐的群山已安然入定

在去乾隆御碑的路上

我看见梨花铺满台阶

像月亮的指甲

我暗自垂泪

这些御前嫔妃

未承恩泽便香消玉殒

而墙角的一树桃花

正是失宠多年的皇后

后宫里孤单的沦落人

直到一朵叫泽央色基的花

终于修炼成仙

河谷里异香如潮

三月的彩版上铺满花边新闻

梨花才开始笑着谢幕

把凋零挥洒成缤纷人生

我曾是卧伏都市的响马

喜欢在春天劫色

却被金川的梨花斩于马下

归来时我已白发苍苍

眼里却柔情似水

从此，只要看见梨花飘落

内心就会轰然雪崩

寻找东女

唐时的那轮明月

一直是城门上高悬的灯盏

河谷里清风婉约

我俯身拾起一片羽毛

手心里像攥着东女的半壁江山

其实那些年月风调雨顺

牛皮船泊满弱水两岸

一只剖开的鸟

它腹中的麦粒金黄而饱满

我的斯巴嘉尔木

为何走下重楼熄灭篝火

将金冠与落日一同抛下深渊

废墟上布满时光的青瓷

高贵的绝句深藏秘境

一只鹰在天空中流浪

王留下的唯一信使

最高的碉楼是它回不去的祖国

谁是河谷里那个执着的守墓人

是否知晓哪座青冢

埋有爱情的遗骸

哪一朵野花是我前世的知己红颜

弱水只是反复向异乡人哭诉

一场大雪在春天遇难

来金川，不想淘金掘银

我在马奈锅庄里

寻找那些晃动的花影

我还害着前世的单相思

可那时我位卑胆怯

成不了王的贴身侍男

只有从她青色的毛绫裙下

退后十里　落草为寇

在清风朗月之夜

偷窥城内的国色天香

但弱水三千我只取浪花一瓣

昨夜所有的露珠都叫碎梦

在时间焦黄的牙缝间

谁能听懂王的遗言

就让我放下男人的山高水长

换取三千年阴盛阳衰

那时，我只想做一个小小的银匠

打一副镯子戴上你的手腕

三　峡

我开始收紧两翼

让城府更深

但不问江水从何而来

我腹中那些水草　鲟鱼

都跳着舞吹着喇叭

此刻轻舟上岸猿声骤停

三峡是三重坎坷

我要为一场散漫的水

设置三次深渊　三次高潮

我要让长江更像一条汉子

可从高处起步　低处发力

面对崇山的挤压

收放自如举重若轻

水往高处流

天向东南斜

此时风在拐弯处哀鸣

我的两肋烙满波涛的拳头

我明白那躲在漩涡下的狂野

第一次可以恣意纵情

于是我目睹了长江

是如何将百川拧成一股绳

再挥舞着蓝色的鞭子

劈开我的胸膛夺路狂奔

现在我终于可以放手

赠你百里春色　万顷辽阔

无论前路多么坎坷

一条血性大江

如果不在大海中死去

就一定要在天堂里重生

神女峰

月光躲进指缝

春天止步远方

那些轻雾是你抛下的一团团纸巾

为何擦不去一脸的苍茫

该下山了，神女姐姐

悬崖上风大

会让你的心事着凉

就像这江边守望的芦苇

被风经年安慰

直到白发似雪

也没等来一只鸥鸟歇下翅膀

神女姐姐，都亿万年了

你脚下的爱情实在陡峭

江水虽千百次上涨

却从未高过你的念想

舒婷绝妙的诗

身后新建的庙宇

都无法拉你回头

你还是一意孤行

满腹愁怨散发着腥味

我宁愿相信你只是一个掌灯的女子

为那些夜行的船只导航

尽管很多时候

江船上总有形单影只的男女

肃立甲板默默地把你仰望

时间在你脚下白骨累累

你这世间最孤独的女子

是想把长江等回雪山

把天空望成驼背的黄脸婆

我替舒婷再劝你一次

与其在悬崖上一梦不醒

不如回乡织布养蚕

嫁给江边的打渔郎

天 池

在这样的澡盆里一泡

天被洗出放肆的蓝

风中散发着仙女的体香

白云的倒影

是遗落在池中的一块海绵

一只巨大的盆子

压住长白山的一腔怒火

一泓清凉的水便从天堂下凡

冷却人间多少恨怨

山口上人头攒动

碧空中阳光灿烂

但谁的内心如果藏有阴影

谁赶上的就是一场大雾弥漫

当时光宽恕了所有的尘埃

一个患有洁癖的人

像一滴穿越前世的雨

为何还隐身于岩石后

紧紧捂住手臂上的一粒紫斑

脚下十万里白桦林

正编织着季节多变的脸色

天池泊在高处心平如镜

大雪不时向池中倾倒花瓣

统万城

杨树上的天空很低

刺眼的阳光

是西夏铺在城门前的一张纸

收集脚印　签名

而残垣断壁上箭伤依旧

尽管远方的红碱淖

像一只巨大的泪囊

年年春风也无法复明

墙头上那么多哭瞎的眼睛

此刻，统万城安静如蚕

但我总是觉得废墟下有什么活着

只有背对夕阳才可以发现

那是一头卧伏的狮子

它从来都不曾低过头

凭吊的人步履轻快

一场亡国之痛

不过就是一道陈旧的风景

而时间像个冷血的老头

它躲在一个土丘后

第十万次观战

但烈马遁形　雪隐弓刀

它等来的仅仅是

又一轮黄沙从北方掩杀而来

空　山

既然被时间掏空
那就在内心里辽阔
清风鸟语是秘境中的呼吸
它能让忧伤变软
却唤不回那些波光潋滟
远逝的河流是逃走的爱情

于是空山敞开怀抱
让远道而来的我
存放一个夏天的幸福
我一袭白衣
赤着脚在月光下奔跑
玉米林挺着红缨枪
集合成一个个庞大的方队
夜夜为我执勤

头上是陕南清空
四周凝碧叠翠

空山是一种虚怀若谷

此刻我站在垭口

空旷中的宁静多么迢遥啊

我看见云和心灵之间

只隔着薄薄的一层红尘

宕 水

像巨人奔跑时

丢下的一条裹脚布

宕水从陕南飘过来

在我故乡的膝下婀娜宛转

然后扭头西去

转过九湾十八包

就是我外婆到过的最远

岸边的沙棘

结满温暖的果实

悬崖上盛开的红杜鹃

是春天指路的火把

照亮一个少年忐忑的脚步

外婆曾止步的垭口

父亲背着行囊送我一路向南

人生顺流而下

一路荒凉却不能回头

河滩上摆满卵石

像时光的掌心漏掉的省略号

而母亲常站在桥头

用昏花的双眼

遥望我十万里锦绣前程

潭底的太阳

是郁结在她内心的一块血团

和一座小城道别

那一刻，感伤已不叫感伤

离开故土　挣脱镣铐

我听见自己的根在嚓嚓断裂

骨头里透着痛的快意

但始终连着筋

在这个山坳里的小城

我用一支秃头的笔写诗

像一门偷学的手艺

七年荒凉

日子像纸墙上的月色

陡峭而虚幻

身在故土心是客啊

暗夜里风一遍遍拍打着木门

有一种出走叫做逃离

我留下了所有的痛

只带走了唯一的宠物

那是我养在日记里

一段铭心刻骨的爱情

再见了，我的小城

此刻正是隆冬

天空低矮　万物凋零

漫天大雪中

我一路向西　再出剑门

是夜，锦城灯火通明

去潼南赏菜花

蓉城在雾霾中喘息

等待一场风和骤雨的解救

我扔掉口罩就像拔掉氧气

在黯淡无光的早晨落荒而逃

从雾霾中突围出来的诗人们

抖落身上的黄沙

在春天的裙裾下

纷纷赶出自己的马

天空是一片蔚蓝的草原

而我尽量保持平静

内心却在暗自憧憬

谁可以和我在潼南的春天里

来一场私奔

然而面对磅礴春色

我的手指一直在半路徘徊

怕被一朵花灼伤

却又抓不住幸福的痛感

此去潼南百余里

遍地的菜花

是否为我们铺上了鲜黄的地毯

是否有一处向阳的山坡

让我们埋下烦恼与疾病

然后枕着涪江的波涛泪流满面

在慕尼黑的街头碰见瞿颖

正午。没有风

散漫的钟声敲打着乡愁

我们在靠墙的一把椅子上小憩

一抬头

一张黑头发黄皮肤的东方面孔

在巨幅的时装海报上

春天般地微笑

像一抹清新的阳光

照亮了慕尼黑的街头

瞿颖，地道的上海女子

我们站起身

用目光和她打着招呼

像在上海的南京路上

突然邂逅失散多年的亲人

这个陌生的城市顿时生动起来

教堂尖顶上

那些哼着德语的鸽子

操起吴侬软语

向我们发出东方式的致意

浓浓的乡愁稀释成水

此刻慕尼黑近得

就像江南的一座古镇

维也纳

连那些安息的尘埃

也抖动着睫毛醒来

在维也纳的街头

没有什么比得上音乐

更像上帝的口哨

集合起陌生的心灵

穿越中心广场

走过金色大厅

站在美泉宫花园宽敞的草坪上

莫扎特是在哪扇半启的窗户下

稚嫩的琴声

打动了女王苍老的内心

当月光像一种最悠远的呼吸

缠绕在施特劳斯雕像的指尖上

四处泄漏的音符

是欧洲柔婉的鼾声

是夜维也纳有风

风中散发着

啤酒、香槟和马尿的气息

以及那些被音乐煽动起来的

无处安放的异乡之魂

此刻，如果我有天空一样广博的耳朵

就会听见蓝色多瑙河与维也纳森林

在闪电中的告别之吻

来维也纳

就是寻求一次淹没

我被音乐浸泡得通体发白

路过萨尔茨堡

我带走了一盒巧克力

莫扎特咖啡色的心事

足够让我回味一生

背对时光

锦　江

一条河被城市挟持

四季狭窄　莲花凋零

她的委屈

只有一只无家可归的白鹭

用忧愁丈量过

锦城并非全是花团锦簇

春风像隐藏很深的奸细

他的行踪

只偶尔在猛追湾的柳枝上

露过一丝破绽

而你像一个流浪的孤儿

在夜色低洼处爬行

雾锁东门　沙埋扁舟

纵然放生千万鱼虾

也救不回内心波平如镜

又一位少女从廊桥上跳下

你只咧了咧嘴

像默默吞下自己种下的苦果

有人点燃河灯

却无法照亮彼岸

浣花女改行卖白菜

垂钓者把钩还原成针

这个城市囊中羞涩

掏光口袋里所有的月光

是打发给你的一把散碎银子

下游还有太多的曲折

一个城市接着一个城市

像一个火坑连着下一个火坑

然而你是如此义无反顾

一路叩着长头

只为跳进长江

还自己一个清白之身

锦江边上的流浪汉

一棵大榕树下

是他没有围墙的阳光房

头枕着锦江的波涛

自由地拥有这个城市的四季

一枚弯月是他化不开的银锭

存在天空的银行

他每天的工作

除了从一张过期的晚报寻找自己的来路

就是不停地在一块白纸板上

画东方的日出　西天的白云

仿佛是在烘烤中午的面包

缝制晚上的棉被

而他身旁的锦江

流水和时光一样匆忙

衣服很破但很干净

花白的头发束成马尾

他清高得像一个落魄的秀才

从不跪在街头乞讨

有时他又俨然一个富有的国王

满城的月色是无边的疆土

尽管那只流浪小狗是他唯一的臣民

他时常站在桥上凭栏长啸

或调动风声雨声

指挥着蚊子的千军万马

上演着他一个人的大合唱

他从身体里挤干了眼泪

作为每天必需的盐

面对两岸灯红酒绿

他脸上的表情始终云淡风清

不关心春天是否来过

也不像面前的流水想得那样远

而这个自尊的流浪汉

却是这个城市光鲜的脸上

一粒久治不愈的痤疮

书　房

一间小小的书房

把我与天空隔开

我喜欢这种文静的雅黑

所有人走茶凉后的闲暇

都被它用一把灯光拴在三尺桌前

尘螨是我忠实的粉丝

它们在我的皮肤之上构筑宫殿

而我像一个被流放的国王

在书堆中坐拥天下

一边怀念月光中的故国

一边听窗外城市在雾霾中轻喘

蟋蟀在墙角

弹奏乡间小曲

如豆的灯光下

我从唐诗中挑上好的句子

下着宋词中溢出的淡酒

抵御窗外偷偷溜进的严寒

日子就像头皮屑
从眼前纷纷飘落
我在一个房间里自绝于尘世
把所有的欢娱折叠成寂寞
仰庙堂之高
望江湖之远

椅　子

我总是坐在这把椅子上

胡思乱想

不关心窗外的城市

如何在喧嚣中挣扎

甚至不在意隔壁的小夫妻

是哪只床脚

夜夜呻吟到天亮

这通常是下午的一段好时光

我用一台电脑虚拟春天

凌乱的键盘音像是一串远去的马蹄

我牵出搜狗

在页面上遛出警句华章

却不知道自己和影子谁更真实

我心虚地瞅瞅窗外

正好遇见一片阳光像张创可贴

敷在对面的山墙

有个落脚之地

是椅子最高的理想

它扶着我突出的椎间盘

就像护住自己的痛处

像一对患难兄弟

在同一间陋室抱团取暖

随着城市的腰围一圈圈扩大

我清贫的名声和瘦弱的身子

仿佛一根柔韧的芒刺

被椅子扎在城市的脚掌

二○一四年春天

往年桃花一开

春色便开始泛滥

但今年好季节不敌坏消息

先是昆明发生暴恐

马航飞机失联

然后是移居重庆的师母仙逝

多年的同事

猝然身故于清明节前

今年春天泪眼婆娑

暖风熏人却寒彻骨髓

我戴着墨镜竖起衣领

行走在酒精与悼词之间

四月的艳阳

总像一只点燃的花圈

桃花纷纷凋落

是谁向大地移植哀伤

留下带血的遗言

在清明的细雨中

我目送着一缕缕青烟

春天低得像把用旧的花伞

文学院

一座孤独的教堂

落日照着它有些破败的尖顶

天空虚饰　四野沉寂

我是教堂里小小的杂役

负责把窗户擦亮

给灯盏里添油

为一些讲故事的人安放椅子

我曾在教堂前的台阶上徘徊

那么虔诚地为敲开这扇门

稿纸上布满文字的遗骸

我是在一个冬天

被一场封山大雪送进圣殿

在十字架下栖身

接受面包　水

和新鲜阳光的洗礼

就这样　岁月以文学的名义

云淡风轻地穿过我的年龄

翻检身后所有黯淡的日子

都是些低调的真金白银

只是未来得及发光

我会始终坐北朝南

继续用汉字搭建楼梯

目送水往高处流

偶尔溜出去

用一截诗的残砖换一壶酒

顺便怀念一下远方的鱼

繁体字

看见繁体字

就像看见我的外婆

珠圆玉润　甩着水袖

从上古的绣楼款款走来

就会看见时光从右到左

竖着退回到一块块残损的龟甲

一条细长的河自殷墟出发

从竹简中穿越

直到在一张张薄薄的纸上恣肆横溢

那些叫文字的沙粒堆在岸边

小篆婀娜　狂草飞舞

文人墨客手握狼毫

笔锋如刀锋

凭这些横撇竖捺

与仗剑的英雄平分天下

这些时间的牙印

神的手语

隐匿于洞窟的密码

在古籍里兀自葳蕤

它苍劲虬曲的枝头

托举着一个巨大的身影

树下捡食果子的人们

满腹楚韵唐风

无论身在何处

只要念一句：举头望明月

就可以从树的根部

沿着一条方块字铺成的青石板路

找到远方的家

县　志

这是县衙里最长寿的老人

生于西魏　比县城略小

岁月在它脸上发黄变脆

从它内心的长河里打捞记忆

一座小城的生平便筋骨毕现

因此它的肚子里

全是这个县域成长的故事

段落间一根隐形的绳子

挂着编年的流水账

脚下诺水滔滔

就像它在口若悬河

讲述小城的风雨沧桑

县志通常隐居在幽深的角落

很少有眼睛路过

除了一片大唐的月光

在书页中躲避尘埃

不会有人向它垂询天下

或觅出一面镜子

安放在县衙前的照壁上

窗外世事纷繁

街头的酒肆外

常常晃动着剑影刀光

它独坐寂寞冷眼旁观

大事记里许多大事

其实都很小

唯有两件事格外醒目

一九三三年闹红

民国初年一位罗姓县长

死后竟无钱将灵柩运回故乡

写给洋滔

从巴山腹地到青藏高原

这步台阶实在太陡

肺里的氧气被海拔一点点克扣

在高处

只能背靠自己的内心取暖

怀揣诗书　胸中有火

单薄的身板被冰冻反复锤炼

直到成为世界屋脊上

最耐寒的一匹砖

三十二载啊

一支笔照亮雪野最暗的地方

诗歌的龙骨

撑高了西天多少座山

从拉萨河畔再到嘉陵江边

这叫人境至高顺流而下

没有卧在涛声中醉氧

不想在诗歌的山头称王

却甘愿让那么多后生

站在自己的肩头上攀缘

虽然两鬓堆雪

你依然手握宝刀

在纸上披星戴月

在诗歌的江湖上行侠仗义

你一离开拉萨

珠峰便矮了七尺

至今，我还在你的诗歌里听雪

在你的肩头上望远

悼诗人黄定中

二十世纪八十年代初

你一脸黝黑

扛着文学的旗子

在县城明亮的街头

小心翼翼地迈着脚步

你靠手中的一支笔

从泥腿子华丽转身

虽心存伤痛却手握阳光

用一首首清越的民歌

让荒蛮的小县城变得越来越雅

当众多的歌者加入合唱

一方寂寞的土地

被一群舞文弄墨的人

闹腾得春意盎然

我们曾经以文学的名义

在同一块园子里精耕细做

并肩在纸上打江山

围着冬天的炉火

喝着浓茶　品着诗歌

谈论别人的天下

你一路咳着嗽

铿锵地走完一生

然后将身子像一枚印鉴

重重烙在

写不尽的青山绿水间

而对于我，你离去

小城从此便荒无人烟

凋谢的水晶花

因为高贵所以寂寞

因为晶莹剔透

所以开出的花就更容易凋零

当上帝撒手

我知道所有的诗都救不了你

我只能理解成

上天正缺一支生花妙笔

在秋风临近的人间

将一枝盛开的菊骤然掐断

那些零落的花瓣

划伤了多少柔软的心

这一刻，多想向她怀中的瓦罐

投下万道祝福

投下一片汪洋大海

变成永不枯竭的泉源

让诗人的生命细水长流

一生命运多舛

或许是苦难

在诗歌里散发着黑铁的回光

让我们记住了一个人

在"推着洪水赶路"的时候

不仅用诗歌止痛

也照亮过生命之暗

与桃花有关

一

阴冷潮湿的城
溃于春日的艳阳
人群如潮
从四面八方涌向同一片山岭
满城黄金　三千粉黛
不敌一坡桃花

在三月
一瓣桃花一滴心血
一树桃花万种风情
此刻我站在桃花丛中
打开怀抱
像一只浴火的鸟
每次心跳
都是对春天的一次感恩

二

东风在山前举着路牌

可朗读者已经走远

春的尽头荒无人烟

那些马不停蹄赶来的诗句

死在桃花村

像一具具身着红衣的尸骸

在火焰中散发着奇香

那些只沉醉于风月的诗人

痛心疾首

他们失去水分的语词

埋葬了桃花的妖娆

我只有站在高处

俯视桃花上的春天

胸中便涌起桃花汛

内心的深潭游荡着叫桃花斑的鱼

袈裟和寺庙隐藏山腰

流浪的诗人

你不归　春天便老

三

一枝桃花在轻轻颤动

是微风碰到了春天的痛处

那月光下的桃影

可是一个穿红衣的女子

在翻晒又一季心事

窗内必定有一个梦游的人

向这边张望

然后隐于灯火阑珊

请侧着身子

从我窗前一晃而过

朝南的门虽为你留着

但月光的沼泽危机四伏

请一定不要随便踏入

我已千疮百孔的梦境

你是否看见

桌上那些柔情似水的长短句

在一页桃红色的纸上

像一串串风干的泪滴

四月消瘦

美人憔悴

芳菲尽时桃花宾天

窗　口

每面墙上
都有这样一只眼睛
它一合上
黑夜就呼啸而来
而一位轮椅上的老人
窗口是他目光
唯一出逃的路径

多少个夜晚
推开窗子
城市像个邋遢的妇人
月光如一把鼻涕
涂在她的脖子上
好在这个世界余温尚存

窗外一场盛大的绿
正在原野进行颜色革命
夕阳在午后

谋划了一场惊天血案

春天浩荡

坐在轮椅上的人

视破碎为盛开

花朵为白骨　青山为獠牙

而窗口是阳光的麦田

村 小

在一个状如马鞍的山包上

伏着一座破庙

这曾是我的小学堂

少年时光

就从这些拥挤的课桌间

悄悄溜走

虽然农村孩子的梦想

就像校园里那些瘠薄的土地

但油菜花盛开一年比一年旺

那哗哗翻动的书页

是跃跃欲飞的翅膀

我就伏在马鞍上学会了奔跑

沿着峡谷里的一条小河

我一步一回头

山外青山路途遥远

在一个灯红酒绿的城市

我停下匆匆脚步

成了一名国家公职人员

住高楼开小车

拿着一份旱涝保收的薪酬

在乡邻的眼中

是山里飞出的金凤凰

如今庙前那棵古松

仍旧挺拔参天

可我发福的身体再也爬不上

柳树枝桠上的那根斑竹爬杆

庙也终于垮塌

它的旁边一座窗明几净的教室

拔地而起

房顶上一面五星红旗

在风中猎猎飞扬

阳光　鲜花

朗朗书声在春天里四处流淌

鸳鸯坟

是哪个朝代的一对苦命人

逃不出爱情的掌心

连个传说都没留下

只剩两座浅浅土丘在这山野

被人称作鸳鸯坟

是因为世间没有一道屋檐

放得下小小的爱情

才选择落荒而逃

生不能相伴那就魂魄相依

在这山野之中

肩并肩手拉手

头枕高坡眼望青空

任时间像一坡流水

在脚下赶出一片天长地久

谁在此刻低着头

将一束野花放在坟前

然后退后再退后
一个孤独猎人啊
为何如此黯然伤神
夕阳迅速西落像降下半旗
每一根松枝上
都挂着琥珀的泪痕

家　仇

仇恨的种子

自小就深埋在心间

从父辈再到我

我们都小心收藏

仿佛家族一笔宝贵的遗产

仇家就住在村子的尽头

我们隔山相望互为峭壁

以仇恨的方式

牢牢锁住对方

一晃就是数十年

到了我这一代

仇恨其实已变得像个传说

如一坛毒酒存放太久

味道就越来越淡

有时狭路相逢

也不用绕道回避

虽然依旧互不搭讪

内心却在互致问候
躲闪的目光亦变得平和柔软

终于前年初冬
那家最后一个男人
被一场肝病带走了
我从此失去了仇人
为何像失去了身边的至亲
令我倍觉失落与伤感

双　江

双江没有江

只有两条细细的溪流

却怀着大江的雄魄

滋养出潼南的人杰地灵

在潼南

最好的一支风水

就数双江的杨氏

人丁兴旺且满门忠烈

一位革命先驱

一位共和国主席

更是中华民族的楷模精英

二十世纪初

巴蜀大地冰封寒凝

杨家兄弟就从双江崎岖的小路出发

将寻回的火种四处播撒

即使他们中有人倒下了

血也是一道流动的烈焰

当神州春回

黑夜彻底化为灰烬

注定杨门兄弟

会成为共和国不朽的基石

并垫高蜀中一座古老的小镇

谒杨闇公烈士陵园

一九二七年四月六日

这个夜晚墨黑如铁

在重庆佛图关

一声枪响一个年轻人倒下了

他被挖掉眼睛　　割舌断腕

数十年后

我终于理解了这些刽子手

如果您活着

他们就只有夜夜失眠

我曾在碑文中

在一些红色典籍里

寻找细节中的一些血

有种痛像一枚钉子扎进骨髓

总是从每个春天出发

在我的灵魂里蔓延

此刻我低着头

正踏上您墓前的台阶

当我知道走完二十九步石梯

就走完了一个人的一生

唯有脚步轻轻　放缓再放缓

二十九步之上

多么陡峭的绝顶啊

天空弯腰　雪松肃立

除了仰望

谁能从这巨大的空旷中

唤醒横躺的英年

然而这个人虽倒下了

却让更多的劳苦大众站起来

并以二十九步人生

丈量出这样的结果——

生命在于密度而不在于长短

属　相

一九六二

这个年份属虎

八月的阳光下

一棵小草破土而出

那时谷穗刚刚饱满

秋风已在远处悄悄动身

一个弱小的生灵

却顶着虎的光环

也曾头枕高坡瞭望前程

从山野到都市

这一步仅耗时半生

在别人的城市里

低头走路　轻声说话

总是选择最后一排位置

安静地坐下

仰视台上的人高谈阔论

虎的荣耀来自勇敢无畏

而属相中的我

蜷缩在城市的围墙后

温顺如一只小猫

脚下陷阱密布

隔壁刀光剑影

他明白今生若要自由

唯有落荒而逃重回山林

欢笑与歌唱

一定是秋天回来了

从废墟上再次延伸出的

那些宽敞的马路上

男人们又开始了远行

崭新的家园里

留下妇孺与老人

让后山那轮千古明月

值守夜晚的安宁

这些年，躲进龙门山的那头怪兽

在幽深的裂缝中频频发威

却始终无法撕裂

巴蜀儿女众志成城

埋葬最后一滴眼泪

我们用勤劳的双手

收拾破碎山河

让花朵覆盖每寸伤口

城市的残骸上

重新耸立的不仅仅是高楼入云

还有什么比一支麦克风

更能喊出我们的心声

这些年我们有太多的压抑

太多的苦楚与伤悲

更有道不完的感恩

此刻，面对阳光

我们尽情欢笑

是因为依旧快乐自信

我们放声歌唱

是要为自己加油

为刚开始的新生活壮行

神州有佳酿

酒好巷子也不深

从赤水河东岸出发

哪儿茅台飘香

哪儿就四季如春

这是一种什么样的琼浆

采天地灵气　日月精华

经岁月发酵　时间蒸馏

从秦汉一路流淌而来

直到在巴拿马万国博览会上

那石破天惊的一次开花

让世界记住瓷器的国度

还有一种发出酱香的液体黄金

这是一种什么样的玉液

集花香雨露　小麦高粱

经时光窖藏　巧手勾兑

直到从赤水河清亮的乳汁中

提炼出一个民族浓稠的血性

谁能盛下如此的醇厚优雅

唯有四海五岳

方可为玉壶金樽

神州有佳酿

出自茅台镇

茅台是一个台阶

不仅抬高了共和国百年声誉

还让中华民族的自信步步提升

红色茅台

一九五三年三月

一支队伍路过仁怀的一个小镇

乡亲们用酒为他们擦拭伤口

为他们提神解乏

这些共和国的播火者

在大地最黑暗寒冷的日子里

茅台为他们添薪助燃

当神州大地灾祸频发

无论汶川玉树

还是芦山鲁甸

不管是抗旱防洪　家园重建

还是扶贫兴教　慈善募捐

哪儿有茅台飘香

哪儿便有希望的春天

茅台以和为基酒

以红色为标签

心系家国　胸怀大爱
是酒林至尊也是国家名片
从将军到士兵
从庆功宴到开国大典
只有茅台可以挥洒英雄豪气
为一个东方巨人彰显尊严

赤水河曾洒满烈士的鲜血
其中红色的元素
是茅台最好的养分
它滋养着一个民族的刚强
并继续为共和国暖胃驱寒

晚　眺

青山独自远
黄昏悠然近
站在一棵樱桃树下
我望着夕阳
像望着外婆九十岁的背影

陡峭的西山
落日的断头台
起伏的山脉为卷口的刀刃
一抹晚霞
是夕阳最后的一腔鲜血
喷洒在东方的山顶

四周闹林的鸟
发出一片哭声
然后一切喧嚣归于平静
暮色中，我终于明白
所有的山
都是建在春天的坟

走在秋天的傍晚

我向你托付爱情

像寄养我未成年的孩子

风是这个城市的巡视员

它只带走了街面上的落叶

而角落里一枝花的残骸

它的一缕香气正在赶往春天

太阳偏西

这末代的光芒依旧耀眼

今夜我的纸上将落满桃花

灯光太吵然后又太暗

就像我的人生

必然从高处一步步走低

秋天与夕阳虽然充满隐喻

却云泥有别

有人在麦田里远望

有人在水边流泪伤感

空村雪远

追 雪

雪站在远远的山头

苍白着脸

像俯视深渊那样俯视人间

从垭口吹来的风

仿佛是一万个婴儿的啼哭

只要有月光

我就能找到家

可即使有冬天

也不一定能看见雪

我把内心的温度一再调低

并留出那么多干净的空地

所有的道路

是我预埋的绳缆

十年前，雪不时光顾河边

甚至可以逗留一个晚上

五年后，她只能下到山腰

在一座寺庙的翘檐上待个半晌

就这样年复一年

我们追着她的背影

如今她只在最高的山顶短暂冬眠

我怕她退回到天上

从此我无法就着雪光写情书

这雪是我童年的奶粉

是我今生不愿脱去的衬衫

雪腌制了我一世的清白

而在远方打拼的父亲

只有顶着雪才会把家还

还 乡

童年的那片麦地

早已芳踪难寻

老家很老

她正卧在山坳里安享黄昏

纵横交错的小路

是她额头上深深浅浅的皱纹

故乡用陌生的眼光打量我

没有人能喊出我的小名

板栗树下祖屋很旧

土墙上我画下的远方依稀可辨

房顶上轻烟如魂

一棵百年柳树

是村里最长寿的居民

更多的人像一茬茬庄稼

被时光的镰刀收割

再像秸秆一样被埋进坟茔

而我父亲是时光掌心中

一块又韧又硬的茧巴

虽然今年八十有六

还不想从农事里抽身

每次我回家

他便从耄耋之年返回到三岁的孩童

我就坐在月光下

陪着父亲整夜说话喝酒

我怕他一转眼就不辞而别

让我从此就断了回家的念想

路久了不走也会生锈

这些年我常常回家

就为用脚步将它时时磨亮

只是路的两旁除了荆棘丛生

每次都会发现又添了几多新坟

正　月

过了正月

小村便开始腹泻

直到拉空浓烈的年味

黏稠的亲情　来不及消化的幸福

过了正月

水往低处流　人往高处走

东风一夜散尽

千家万户囤积的温暖

红红火火的年

瘦成一副干瘪的皮囊

大路上人群如蚁

天空像缀满离愁的屋檐

老人和孩童重聚村口

他们把手揣在怀里

又开始掰着指头数日子

倒春寒肆虐的小村

只剩太阳和月亮

是两个赶不走的流浪汉

炊 烟

炊烟是村庄灼热的鼻息

是幽深岁月绵长的呼吸

而这些年，炊烟就像瘠薄土地上

长出的南瓜秧

在春天的屋顶

牵出几缕瘦弱的藤蔓

有炊烟方为人间

为何山乡灯火渐稀

就连每个冬天如约而至的雪

也学会了爽约

好在亲情就像一根套马索

在腊月的尽头

把散放在四面八方的心

朝着家的方向收紧

炊烟被除夕的爆竹一轰

终于赶出一头红红火火的年

柳树坝

一株百年垂柳

怀抱着一口枯井

像一位慈祥的老妇

照看着卧床不起的夫君

见证了小村的兴衰与孤独

柳树年年落叶

像是掸掉头上的风尘

直到冬天的门前

铺满金黄的短剑

春风的柔情里再度长发青青

而她身旁这口井

就如一张掉光牙的嘴

一直这样缄默不语

它干涸的内心

是否珍藏了太多的沧桑

但不管枯井是否开口

它总是这小山村里

瞭望着天空的

一只永不闭上的眼睛

一株百年垂柳

怀抱着一口枯井

像一对恩爱的老人

互相搀扶着

静静地分享黄昏的安宁

父亲的第二场战役

此刻，父亲背对秋天
向一排玉米林举手致敬
在他的秃顶上
一缕夕光正无奈地挣扎

这是父亲的第二个战场
五十年前他从朝鲜归来
把人生的最后一场拼杀
留给了故乡的柳树村

父亲担任队长的那天
有一种慷慨赴死的悲壮
他明白自己最大的敌人
是盘踞在小村的贫困
沐浴过腥风血雨
父亲拿锄头的姿势
比握枪的姿势更优雅
他用农历布阵　按节令调兵

指挥着全队二百号社员

改土造田　开荒种地

直到山坡上铺满春天的花衣

田野里稻麦飘香牛羊成群

但巴山的贫困根深叶茂

它挟持着天灾人祸

就像上甘岭上的顽敌

一次次溃退又一次次反扑

在这场无休止的拉锯战中

父亲一天天老了

而这些年村里的青壮年

都纷纷出走山外

留下一群老弱病残苦苦支撑

目睹一寸寸荒凉卷土重来

父亲越来越沉默

他依然还在田野上巡视

像个失了兵权的落魄将军

父亲终于被一根稻草压垮

父亲从干裂的田间

拔出一株稻苗

灼热的风从山边吹来

掸落父亲额头一大滴汗珠

掉在枯黄的叶片上喳喳作响

一场百年不遇的大旱

渴得小村的蝉们都哭哑了嗓子

这些本该沉甸甸的稻穗

今年全成了颗粒无收的草

让父亲给打工的幺儿

筹划在秋后的婚宴化为了泡影

手中的稻苗

被父亲用粗黑的指头反复摩挲

就像他在一九五九年

抚摸夭折在他怀中的长子

眼角浑浊的泪水

是这个夏天最后一滴甘霖

父亲突然转身向南
嘴角蠕动半天才迸出一句
——洪娃子对不起了！
然后跌坐在田埂上
像一个犯错的孩子
无边的空旷中比烈日更烫人的
是父亲焦灼的内心

乡村守望者

空旷的田野上
父亲驼背的身影实在太小
像一株狗尾巴草
在深秋的阳光下轻轻摇晃

父亲一辈子都佝偻着腰
用锄头在泥土里扒呀扒呀
像在固执地寻找前世的宝藏
直到把四季翻得花花绿绿

一生的路长不过一面坡
一世的奔忙
走不出二十四个节气
这些乡村虔诚的守望者
其实是这荒芜的田野上
最动人的一点秋色
他们的头上堆满沧桑的雪
血管里流淌着泥土的酱红

读得懂天空的每个表情

熟悉稻麦的每一丝呼吸

而他们年轻时

也曾壮得像身后的云雾山

用一首山歌就可夯实爱情

挥着扁担便能呼风唤雨

如今，这些活在农历中的父亲们

守着辽阔的荒凉

就像风中的几只残烛

照亮着乡村的四季

脚手架上的父亲

离愁别绪

成了每个春节后的第一波流感

未到正月十五

村道上便人潮涌动

一年一度的大迁徙开始登场

不几天山坳里像一只掏空的口袋

只留下千丝万缕的牵挂

还有松林里结实的鸟窝

一群四处游荡的野狗

在村里义务巡防

父亲是家中最后的男人

当春天用绿叶和花朵

掩饰这些扎眼的空白

一些风也开始拨动父亲的心弦

望着年轻人候鸟般北翔南飞

父亲突然动起了去远方的念想

初夏的某个早晨

父亲终于走出村庄

来到城里一处建筑工地上

他不知道自己一离开土地根就断了

出事的那天下午太阳火辣辣的

他爬上脚手架

突然眼前一黑

父亲单薄的身子像一条漏网的鱼

挣脱天空的深潭

被土地狠狠地拥入怀抱

最终父亲的骨灰被送回了故乡

成了泥土中一抔有机肥

开出的扁竹根花

覆盖了田边最不起眼的一处荒凉

对着明月与父亲碰杯

去年回巴中过年
我送给父亲一瓶茅台
并约定在中秋之夜
我们对着明月同时举杯

今夜便是中秋
月亮又大又圆
而大街上乡愁弥漫
这让我居住的蓉城湿气很重
天空悬浮着一层浅灰的忧郁
我站上十八层楼顶
北望巴山五百里苍茫
然后我打通电话
与父亲对着明月隔空碰杯
父亲一句："儿啊，我想你"
让我的泪水奔涌而出
在杯中砸出一圈圈涟漪

乡愁是一种痼疾

喜欢在月圆之夜反复发作

而茅台的醇厚是最好的镇痛剂

充满酱香的夜晚

那些咖啡色的乡愁

就会被稀释成甜蜜的回忆

而今夜

我仿佛闻见父亲的酒杯

有淡淡的腥味——思念如血啊

父亲，让我们再次举杯

就着一杯茅台

把头上的明月喝下去

这枚清凉的药丸

或许可治离愁别绪

漫　游

层层梯田

像搭上云端的梯子

一个城里女孩千百次攀缘

可她的爱情之路远比这陡峭崎岖

村庄低矮古朴

老得如一座庙里的门槛

左侧悬崖下的苦竹溪

像一个受虐待的童养媳在日夜啜泣

爱是如此辛苦

一寸爱情十年光阴

爱他破败的茅屋

木讷的父母

屋后的拐枣树

还有那只叫雪宝的小白狗

没想到有朝一日

心上人离她决绝而去

苦竹溪的苦水从此深不见底

从父母的掌上明珠

到巴山深处的小媳妇

就像一部移动电话

从城市漫游到乡村

山高路远信号渐弱

最终，幸福在绝情谷里关了机

默哀一条小河

那些有洁癖的桃花斑

划着月亮的小船

穿过我童年的时候

我是岸边一棵等待开花的草

时光飞逝

她被逐水而居的人类追赶

在工业巨大的掌心里

血液布满化学之毒

雷管和捕鱼器撕碎四月春潮

就像一个年老色衰的风尘女子

汛期紊乱　子宫萎缩

躺在河床上身形枯槁

大河沦落为小溪

幽谷为她藏起蓝天的镜子

虽然她嘶哑的喉咙

还拖曳着渔歌的尾音

但舢板搁浅　鱼虾绝迹
这意味着她的魂已无处打捞
我再不能返回童年的杨柳岸
看着她一溜小跑
像山妹子那样扭动着肥臀细腰

巴山无雪

我把口袋里

那些再也无法破壳发芽的种子

母亲那双闭不上的眼睛

以及太多的烦心事

从蓉城打包运回故乡

要埋在一面山坡

必须向阳

每年有大雪光顾

立一块无字碑

碑的四周蝶舞花香

青山隐隐绿

桃花灼灼开

可雪却学会了爽约

如果触摸不到故乡清凉的皮肤

就像根回不到土壤

我鞠个躬

然后默默下山

重回水泥森林里

在某扇窗户下

用瘦弱的文字

继续浇灌那些从未开过花的梦想

逆风行吟

水　坝

只有扼住江河的七寸

才可以将披头散发的水挡下来

但水坝明白

世上没有什么铜墙铁壁

可以真正拦住水

更不可能像火一样被扑灭

这个身段妖娆的疯婆子

服软不服硬

从来只认大海为故乡

所以水坝只能把自己定位成

一把山腰上的椅子

更多的时候

它要看着水的脸色

为它唤来大群的候鸟梳理发辫

铺一塈轻雾当眠床

对于胸怀大海的水

这顶多就是一次浪漫的小憩

正好拥蓝天入怀

回望一下前半生的漂泊

规划一下明天的流浪

然后趁月黑风高养精蓄锐

日出之时突然纵身一跃

晶莹的骨头

在太阳底下闪闪发光

水坝望着那个飞翔的背影

心情如卷口的刀刃般沮丧

这头皮肤滑溜的野兽

只要迈过这道坎

路无论多么曲折　前途都远大宽广

水 库

水被两边的山看守着

在蓝天下自由放风

水一脸平静

享受着这牢狱时光

波澜不惊是指水在想家的时候

此刻，一只野鸭

正拨弄它眼角的鱼尾纹

水仿佛幸福得眼睛发蓝

被关押的水

必须学会在屋檐下低头

为了那场盛大的逃离

它要藏起尖牙利爪

把生性的狂野与喧嚣

折叠在辽阔之下

甚至默许天空倒悬着头

窥视自己的内心

剩下的时间就是等待天上的云

何时降下那把救命的梯子

然后从深渊里一步步向上攀缘

世上只有水可以践行

道高一尺魔高一丈

相信有远方就一定有出路

但水没有翅膀

她把自己的命运

只能交给身后的冰雪

交给下一场雷鸣电闪

与上帝为邻

我居住的天涯庭苑

就在天主教堂的对面

而教堂的隔壁

便是市二医院门诊部

它们相敬如宾

彼此尊重对方的职业特点

我和上帝做了邻居

每天都能看见两枚鲜红的十字架

像两把滴血的短剑挂在教堂的尖顶

唱诗班的天籁之音

清扫着我内心里的尘埃

并治好了我的顽固性失眠

但是我从未走进去过

一部《圣经》也只读了少半

上帝是这条街上最老的房客

也是世上最神奇的心理医生

而医院与教堂一墙之隔

方便逝去的人一步登天

我有时真怀疑自己

前世是否罪孽深重

以至于今生

一座教堂加一座医院常伴身边

既然和上帝隔得这样近

有时就想在阳光灿烂的午后

请上帝去河边喝茶

当然他要是回请我去天堂做客

那就暂时免了

因为我有些恐高，还有

父母在不远游

我内心一直有个疑惑

这个世界的恶行和贪欲

从未停止过滋生蔓延

请问是该进医院还是教堂

上帝黑着脸不发一言

拔　牙

等不及选一个良辰吉日

兄弟，我必须将你请出我的身体

你把一种痛玩得如此精妙

刀刀剜心刺骨

世界之大

我跳着脚竟找不到一个地方躲避

半个世纪了，兄弟

我们同甘共苦

咬紧牙关

是我们践行一生的格言

更是我们迎接风雨的姿势

我常常从你嘎嘣嘎嘣的磨剑声中

蓄积排山倒海之力

我们本该携手到老

可生活的酸甜苦辣

过早地磨蚀到你坚硬的根基

在我笑口常开的日子里
却再不能为我站岗放哨
我明白，最后一刻的痛
是你在我灵魂里
揪断那些让你牵挂的根须

你的缺席让我懂得
出来混就不能太口无遮拦
但生活有时也需要敞开大门
让阳光直射内心深藏的阴郁
我唯一害怕的是
没有你的把关
我无法字正腔圆地
喊出"幸福"二字

石　头

石头对每天过路的太阳说
我正在等待开花
旁边的一棵树听了有些感伤
一滴眼泪
便落在它的胸膛

曾是大地挥出的拳头
但在半路就死于天空的绵掌
从此枯坐沧海桑田
与时间比赛定力
谁知傍山也能成佛

血液里的铁沉默太久
额头上的诗歌和经文
是錾子喊出的内心之火
千壑雾漫是日积月累的底气
何须云朵虚拟行走
石头梦见自己长满了翅膀

江山，在月色中葳蕤

——观董小庄概念水墨画

在月白的背景上

落满时间的翎羽

远古的雪也砸下来

欲念像细菌仍在复制与裂变

那些浓重的暗影是三千年的爱情

在内心里堆积的淤血

上帝隐身于辽阔

巨大的肺在叶脉上舒展

这儿离董家的荷塘肯定很近

那片月色才偷偷地溜出来

成了南墙外一块清凉的沙地

大地安详万籁俱寂

像是在守候某种仪式

迎接一场盛宴

当东篱上的天空布满云的指甲

太阳就会在这儿落草为安

既然神的地图被你破解

秩序和疼痛

被深邃的简单击溃

亘古的荒凉四散而逃

梦境中的花瓣堆在春天的门前

谁还愿去自己的灵魂里枯坐

在灯火的背面孤独成瘾

而我的白马还拴在郊外的杨树下

趁风在四处敲门

我循着那些足印　蝉声　星光的梯子

在一些灌木和岩石之间

寻找泉眼　等候一群鱼

在你水墨色的幸福里排队穿行

我只希望自己的心跳泊在水边

写给爱情诗人华万里

爱情诗人华万里

他的白发和微笑

在春风里尤为动人

但我更关心的是

他送出去的那些花环

那些馨香的圈套

是否捕获到了美人的芳心

潼南美女如织

像一片片正在怒放的菜花

但只有最漂亮的那几朵

才能得到他的馈赠

一只花环两首情诗

约等于万两黄金

我宁愿相信

那些花环就是他送出的桂冠

谁戴在头上

谁就是他的红颜知己

华老的爱情诗

是这个世界上最珍贵的聘礼

如果想知道华老

是否只为寻芳而来

这要看他是否像只蜜蜂

在花蕊中轻轻喘息

再透过他沧桑的小腹

看看幸福是否在骨头里变蓝

其实这一切都不重要

只要华老年轻的心

永远在春天里

温暖着那些爱情沦落人

写给孙女牧云

西岭已下了好几场雪

锦江波平如镜

远郊的蜡梅打开全部的香囊

十二月的寒风中

仿佛一场盛大的仪式即将登场

那是个下午

红星路二段87号

院内没有闪过祥瑞的红光

一只翠鸟鸣唱三遍后

从医院传来消息

上帝的礼物已经送到

你从母亲的房间里

大大咧咧地走出来

第一声啼哭清越而嘹亮

给你取名牧云

是想在你生命里绑定蓝天

你就可以插上翅膀

一路辽阔

挥着风的鞭子

像放牧羊群那样放牧云朵

即使天空堆满石头

你一脸的灿烂

始终是云端上纯净的阳光

你一落地

我的辈分就猛地高跳一格

我不敢再将白发染青

你让我的年龄

顷刻间颜色深得黑里透红

我的衰老像一块谦卑的铁

在内心的低洼处锈迹斑斑

天色将晚

宝贝，你甜甜的微笑

是我薄暮中温暖的灯火

就让我捧着你的花期

直到你长发及腰

我会站在春天的早晨

遥望你骑一匹白马

唱着欢乐的牧歌

蓝天下

风逍遥兮云飞扬

陶　片

一块陶片在我手心

泛着冷艳的釉色

它在三秦大地上埋没已久

被谁失手打碎

是哪个朝代的一句遗言

登上古城墙

正遇落日西下

我不知道在这悲壮的时刻

该凭吊谁

城门洞开　金黄的大道上

昔年的马车绝尘而去

月光仍如丝绸般柔软

而远眺凉州

仿佛有马刀的啸叫似裂帛

凝血如花在河西独自鲜艳

跨出城门就是江湖

能否有一只完好的陶罐

盛着十三朝落日

自古代叮叮当当滚到今天

又有多少想从高处跳下来

留下一声绝响

回荡在时间的深渊

所有的陶罐

都是前朝缄默的嘴

城府更深的住进了坟墓

散落的牙齿隐匿于民间

但岁月不会永远守口如瓶

此刻我手中的只言片语

被清风反复吟诵

我小心地拭去面上的尘土

像在擦亮大唐的一片江山

爱　情

你美妙的胴体
是我千辛万苦
打下的一片江山
因此你的每寸肌肤
都布满了爱的遗址

但爱让我们有了软肋
同一片屋檐下
我们曾彼此设防互相布雷
在琐事中寸土必争
多少次婚姻差点伤重不治
爱的味道便是疼

爱情就是这样
并非每天风和日丽
更多的时候是在雷电交加中淬火
在风雨中淘洗杂质
用一种痛感保鲜

如今我们彼此搀扶着

开始在夕阳下漫步

你温馨的怀抱

成了我晚年的安居房

虽然爱情在岁月的烟熏火燎中

已成褪色的旧棉袄

但我们还必须穿着它保暖御寒

沙　漠

戈壁上的流沙

从来以漂泊为家

有时没有风也高声喧哗

这个人口庞大的帝国

打开城门

放进朝觐的队伍

在一座山的脚下

另一场秋祭刚刚开始

有人跪下　有人一步一叩

心碎的落日

从祁连山顶掩面而下

从时间的漏斗里沉淀下来

原本低调而细碎

有时被骆驼的蹄子带上一程

有时又被狂风追打着

在天空中流浪

它们一脸仓皇无处栖身

只有和风纠集在一起

攻城掠地　遮天蔽日

直到它们的脚步止于水湄

一个疼痛的灵魂的嘴边

而森林和水草仍在逃向远方

空 瓶

对于诗人，不会饮酒

纸上的文字就严重贫血

今夜，为写这首诗

我捧着一瓶茅台自斟自饮

然后被神提着

飞越千山万水

在有灯光的地方——敲门

去词典里我精选每一粒麦子

用心血甚至泪水

发酵蒸馏勾兑提纯

直到字字句句都珠圆玉润

当清晨我从沉醉中醒来

新鲜的阳光泼在纸上

满篇流光溢彩——

　　喝茅台酒壮英雄胆

　　干一生无悔的事

　　做一个有缺点的好人

当然，写完这首诗的时候

我已功夫尽失

就像赤水河畔

一个褪去了釉色的空酒瓶

但腹中始终残留着

一轮明月　小片春色

方圆百步依旧芬芳袭人

春天的门虚掩着

春天的门虚掩着

一小股风偷偷溜进来

洁白的床单上卧着半轮明月

细腰是一把柔软的弯刀

杀人不见血

兰花的嘴唇总是低于尘埃

在窗帘后幽幽吹气

谁的身体里流水哗哗

一些心事马不停蹄地赶来

种子　花朵　摇曳的火苗

忧郁的刀口　春天惨白的手臂

在暗夜里共谋一场巨大的异动

春天的门虚掩着

有人乘虚而入

手捧一只橘子站在屋中央

山巅上的融岩奔涌而下

当一场地震结束

雨或许改变了

一条河流的走向

河　灯

把一些来不及说出口的心愿

送上小小的纸船

在有风的时刻点燃

向内心珍藏的地址进发

顺江而下

在这样清寂的夜晚

星星眨着眼睛

惊异于人间这点点的暖黄

天亮之前

漂泊了一夜的灯火

是否抵达了远方那些虚拟的码头

如果昨夜风雨如注

熄灭的必定是沿岸

那些燃烧的目光

牦　牛

这是一团团黑色的火焰

在河谷或者山坡上燃烧

是康巴高原亿万年

一直不曾停下的心跳

不管苍鹰如何挣扎在时间深处

风雪是否拽住远处的经幡

它们只埋头啃食着青草

内心因平静而辽阔

历尽沧桑却又沉默寡言

牦牛专心致志吃草的样子

这世界最低的生活姿态

却是草地上最动人的景观

这些坚韧而沉默的劳作者啊

它们背靠高原

循着阳光和水声

平生最大的理想

就是将自己养得膘肥体壮

把牧人的生活驮向更远

枪　口

这是世界上最恐怖的一张嘴

一条猩红的舌头

卷着金属质地的痰

出口成灾

所到之处腥风血雨

有时它们就像一群泼妇

站在对立的山头互相叫骂

唾沫横飞

语言尖刻得粒粒见血

句句置人于死地

从枪口里吐出的绝不是象牙

只要张嘴一吼

和平应声倒地

天下便无宁日

子　弹

子弹嗜血如渴

通常隐伏于幽暗的枪膛

等待时机

当枪口喷出火舌

把一粒子弹

像一枚牙齿吐出来

风追在它的后面哭成一地刀片

子弹用射程

丈量生命的长短

它划出的每道优美弧线

都是死神抛出的飞吻

子弹的尽头

所有的开花都叫凋谢

再高的理想也叫遗愿

这粒世界上最毒的花生

它不在秋天的田野静静地饱满

血是它绽开出的唯一花朵

骨头碎裂的钝响

是它最惬意的一声呢喃

恐怖的瘟疫还在传播

子弹在阳光下肆无忌惮地飞

像永远无法止息的流言

用枪声安慰鸽子

用鲜血浇灌百合

是这块土地上演了千年的荒诞

返程机票

一次旅行

早被一张往返机票提前锁定

既定的行程表

让我们对每个细节

都了如指掌

路上的风景令人期待

我们可以站在春天的门口

遥望秋天的脖颈

而人生这场旅行

就像掌心里那些纵横交错的沟壑

除了终点早已设定好

没有一张票

可以让你原路返回

无论去路坎坷还是一帆风顺

只要不停下脚步

定能抵达诗和远方

一座山

一座山远离尘世

并开始秃顶

它唯一可做的

就是坚守平静和寂寞

在理想的高度上

和时间赌一把

看谁撑得更久远

而我只能远眺

中间隔着茫茫云海

我没有时间的深邃

更没有山的伟岸

就像一粒尘埃

在低处恋着家园

月　光

落日谢幕

夜色飘然而至

像一队蒙面人在天地间列队

然后月光打开裙裾

一片暧昧的白

掌心微凉

池塘上的风

想把她拐向树林深处

所有的道路上

流萤的火把只为鬼神照路

在黎明到来时

她轻轻拉上窗帘

留住内心的一段黑暗

太阳从她的裙裾下重新娩出时

她开始隐于幕后

清洗自己的血衣

松　脂

一棵老松

脸上沟壑纵横

体无完肤

他刚击退了第十万次风摧雷劈

黏稠的眼泪

从陈旧的伤口里渗出来

这些思想的结晶

在年轮里精研细磨了许多世纪

一朝析出

便是一颗琥珀之心

我突然想起外婆

她在天堂里

穿着空气一样的青衫

她的泪是不是前夜

那场挂在松枝上的雨

黑衣人

在灯光的最低处
在面包与广厦之间
诗歌的分量太轻太轻
像秋风卷起的一根稻草
我携带着冷僻的姓氏
是隐居在这个城市的黑衣人

黑衣人徘徊在这个城市的街头
没有人能喊出他陌生的名字
诗歌的分量太轻太轻
换不回面包和广厦
像秋风卷起的一根稻草
在光的最低处默默栖身

最末一首诗

该结束了

天下没有不散的宴席

太阳就要落山

夜晚的黑像钢钉楔入我的身体

我身怀绝症　再无力挥舞刀剑

人生是一场艰辛对决

我已心力耗尽

在文学的殿堂里虔诚跪拜

却终未修成正果

对朋友真诚　对亲人严苛

一生毁誉参半

所以不指望受人怀念

我不曾作恶

是一个有缺点的好人

匆匆过客

一切将归于尘土

我被半块指甲盖大小的黑夜打败

虽心有不甘

夜色如火正在将我焚烧

诗歌却不能救我于绝境

时间的宽恕声中

我微笑着合上眼睛